INK INK INK INK INK INK
INK INK INK INK INK INK INK
INK INK INK INK INK INK
INK INK INK INK INK INK INK
INK INK INK INK INK INK
INK INK INK INK INK INK INK
INK INK INK INK INK INK
INK INK INK INK INK INK INK
INK INK INK INK INK INK
INK INK INK INK INK INK INK
INK INK INK INK INK INK
INK INK INK INK INK INK INK
INK INK INK INK INK INK
INK INK INK INK INK INK INK
INK INK INK INK INK INK
INK INK INK INK INK INK INK
INK INK INK INK INK INK
INK INK INK INK INK INK INK
INK INK INK INK INK INK
INK INK INK INK INK INK INK
INK INK INK INK INK INK
INK INK INK INK INK INK INK
INK INK INK INK INK INK
INK INK INK INK INK INK INK
INK INK INK INK INK INK
INK INK INK INK INK INK INK
INK INK INK INK INK INK

INK

文學叢書

090

當黃昏緩緩落下

黃榮村◎著

【目次】

〈序〉

當黃昏緩緩落下

黃榮村

人的一生總要寫上幾首詩，現在出本詩集已經嫌晚。大學與高中詩作散佚泰半，難以覆查；前後七年公務生涯之後才想到要出詩集，中間已有近二十五年未曾寫詩。莫札特在三十幾歲時，單是歌劇就譜了二十二齣，想想也夠嗆的了。

小時喜讀唐宋詩，稍長讀英美與歐陸詩作，各有所獲，此情此景在風雨之時，經常反撲，總想靜下心來寫上一首。但讀詩是一回事，寫詩又是另一回事。文章可以鋪陳寫去，寫詩卻是要等它找上你。

我對藝文音樂的界線向極寬容，二〇〇四年九月與兒子在雨中的中山足球場，聽Elton John唱他一直唱不完的歌，〈Candle in the

Wind〉與〈Your Song〉當然是招牌曲目不能不唱。Bernie Taupin曾是他長期合作者，屢以輕重五步格（iambic pentameter）填詞。搖滾樂中多的是現代詩的元素，這本詩集也納入了部分我年輕時的譯詩。其實人生那裏無詩！每次在國內外聽室內樂、獨奏曲、交響樂、與歌劇，大小曲目中我都好像看到一個個踏在音符上，不時奮起又衰落的詩人。

陽明山群的大小稜線、淡水河口或是東北角海陸交切的波紋、台北街頭與世界名城來往的人群，在我看來都好像有詩行行走在稜線上，在波紋與人群中，詩篇也在醞釀成形。但是法國文學家紀德(André Gide)說得好：「人無法發現新陸地，一直要等到他們有勇氣讓海岸線消失在視界之中。」（People cannot discover new lands until they have the courage to lose sight of the shore.）一個人假如祇能或祇敢以外物作參考點，在裏面摘句尋章，終歸像紀德所說的，是無法找到新陸地的。一定要有勇氣跳脱、超越，新的觀念才會找上你，也才會有感動產生。假如沒有感動，詩的創作實在很難說是一種珍貴的文類。

我不是文學理論家，也不想再做過去喜歡的詩評工作，詩既成篇，就讓它們擺在那邊吧。另外有一件事要提的是，我曾在約三十年前答應過大武山上一群年輕的朋友，此生要出本詩集送給他們，但從此之後就未曾再寫詩，一直到最近，而且也與他們失去聯絡，這本遲來的詩集就送給他們吧。人生最難過的是，明明還偶爾會閃過他們的形影，但卻感覺這一輩子再也見不到他們，希望他們之中有人會看到我正在履行三十年前的諾言。

我更不會忘記共同推動九二一重建工作的革命夥伴，在十年教改反撲下仍能持續堅忍保有理想的教育部與教育界同仁，以及一直問我詩作在哪裏的玫瑰與少雍。我的詩集不是不想送給他們，而是更希望他們能從我的詩中，讀出當黃昏緩緩落下時，我們的辛勞就像風中的燭火，在暗夜與起霧的清晨中，繼續帶領國家金色的小孩，遍訪綠色的山丘，迎向未來。

迴旋與展現

○

雲端巍巍現出一尊金神，睜凜然底金目流轉天界之燦爛，
一如尼采的超人，驕狂且帶點神經質。一陣狂風驟雨旋起
滿天呼嘯，天邊只餘戴阿尼修斯狂亂底笑聲，與一句創世
紀式底箴言：
人，看看你自己活在一個什麼樣的宇宙裏
仰起你們的臉
睜開你們的眼

仰起你們的臉
睜開你們的眼

一 淨界之展現

其一 江南之歌

銀白的閃電過後
江南呵，就像病癒後的西子。
車聲轔轔，不見征人
杏花村的酒旗滿天飄揚
陳年的紹興溢滿了西湖岸
但見白石意境蓮花亭亭，
當一陣蹄聲過後
夾岸楊柳挽柔髮千絲於春風中。

夕暮時分衹餘幾聲晚鐘
餘暉中
但見白眉老僧
數著點點歸雁。

其二　塞外

仍是千萬年前的風
滿地的草　滿岸的蘆葦
刮起滿天的風。
鷹目極眺
何處是羽箭嘯聲的止處
那躍起之姿
竟有王者吆喝之風。
當冷風抖擻

流浪者的貂皮小帽更加寒傖了
（遠處隱約傳來角弓嘯鳴聲，又是另一次狂野的
狩獵吧，長城外的縱馬逐獸，竟是來自遠古的傳統）
流浪者仰拉著舊皮囊
拿出斷了弦的琴
悽悽的拉著宮廷風的小調。

其三　荒原

有一種人總是
狂奔在風翼的前端。
在廣漠的荒原上
也有一種馬如風
而荒原總是靜靜地擋在前面。
老邁的艾略特耐不住蒼涼與乾枯

吟出悽愴的悲歌，
而遠方麻醉僵直的天空
如貝多芬之死面
恒在變換著斯芬克斯的謎。

其四　沙漠

當狂飆倏然起自天末
大漠上的孤煙
亂竄如被射殺的蛇，
黃沙翻滾如天馬
以懾人的絕望覆壓
荒漠中的一點甘泉。
竟無壯士起自東方
竟無小草掙出砂礫

這一片無垠中
但見盲了眼斷了頭的怪獸
喑啞的嘶喊著
智者何在　末世的英雄何在

二　天界之旅

當我乘一葉小艇
散開烏黑的頭髮
划泳於稀薄的大氣裡
但覺冷冷的星光
如幽靈的觸角
拂拭掉滿心的灰塵。
仰泳於這橢圓形的宇宙
從這一星飄過那一星
顫慄於它們孤絕的情操
先知的胸懷。
當流星曳過天體
它們便默默的祝福這夭折的小孩
雖然它一直鹵莽亂竄。

尾聲

成吉思汗揚鞭疾進飲馬西土，躍過一層層的地平線後，
在星光下駐足，向著凝固的黑暗
悽愴地跪下
任冷露放肆地侵犯
觊觊的戰甲。
當跛腳的船長以無畏的憤怒擊斃小白鯨，而又不能免於
自身的滅亡時，人們開始顫慄，
偌大一匹巨輪在怒海中竟祇似
一顆小孩手中拋弄的玻璃珠。
在這浩蕩的汪洋邊上，人，高貴的人們腳膝深深陷入
沙中，流著低賤的淚水，而星群俯視大地，以一種誇大

的仁慈。
這片草原這面汪洋
在星光覆蓋下
竟也祇似一丸。
而人總迷惑於表象，不知膜拜宇宙本體；祇知在落日前
屈膝，在咆哮的大洋前號泣，
卻永不知在星光的撫愛下懺悔。

智者啊，何日人們
才能有你那深沉的智慧
在星光下
過著謙和的生活？

（一九六六）

風中的神話

其一

冷冷的風律旋出慘綠的風景
搖響尤加里樹滿溢的悲傷，
雖夜已如黝暗的深谷
猶見風中飄零一只落葉；
打燈的人兒已遠
寂寥的雨路上閃著古典的浮光。

腳步聲在時空的迴廊上逃逸，
而湮沒的史頁　蒼蒼的白髮
從森然底冷墳巍然蹀出
在沁涼的月光下張大著空洞的眼睛，
拍落髮上的灰塵
輕拉著古老的七弦琴。
在蒼茫的視域內
冷然找尋地平線上的衰草。
（狗吠聲浸過冰涼的霧氣
盪來死亡遙遠的淒楚呼喊）

其二

身著飄飄白紗的少女
緩緩走在古城堡的陰影裏
柔絲的細髮披覆著玉潔的前額。
而中古的浪漫騎士已萎於大地，
寄淒涼無助底陰魂於荒煙蔓草；
在空蕩蕩的天體裏
閃亮　然後消逝　原是流星的命運。
緩緩地，少女走過了古城堡
挪走了修長的背影　竚立在靜靜的河邊。
時間凝固於斯　掉下一只蕭蕭落葉
（驟灑來一蓬飄逸的流星雨）。

河水在月光下氾濫著
不爲什麼地流走了亙古的憂傷
（遙遠的天邊亮起了幾顆星子
閃著迷離底茫然）。

（一九六六）

走在荒原上

太陽系舉行火葬
熊熊的火光
燒紅了痲木的天空
超級公路上
混凝土轟然裂開　豎起
「一九六九年葬於此」的石碑。
鬼魅們很開心的鼓著掌
吟唱下里巴人
白朗峯不再頑皮　積著皚皚的雪。

聖母峯亮起冷漠的獨眼
俯窺擾攘人間
他已看夠了亞歷山大
以交響樂的蹄聲
飲馬印度河。
看夠漢武帝飛揚大漢威風　然後
落日殘照　西風陵闕
輝煌不容於幽寂的山谷。
（依然是松　依然是雪）

懨懨的紅孩兒也已倦於探索
在海面吸一季冷寂忘掉人間煩憂。
凱撒發出絕望的叫喊癱瘓在石像下
布魯特斯擎著無情劍。
拿破崙鬱鬱攜狗對月獨語

孤島三人影。
（青蓮呵　你被謀殺於
　那撮花叢下？）

吉朋凝望著
殘破的廢墟　傾頹的古堡
撫摸著龜裂的石柱　穿過
風化了的拱門
思索著古羅馬如何萎於殘垣破瓦
（夕暮長長　迤邐十里淒涼）。

那個人
（他曾威風的宣稱：
　我是一顆不安定的麥子）
交叉著冰冷的枯手

傍於死火山口
這兒有著太多喧囂過後
　　恐怖的靜寂。
涼涼夜覆著黑色大披風
甩出一片濃冷的墨
幻成陰森森的撒旦　慢步走來
殭屍式的步伐
　無聲的滑著
蒼白的臉上浮著蛇樣的笑意
包抄過來。
（涼涼的夜
　唱不清楚歷史的弔詭）
　驀然
一顆流星劃過

一陣狂風掠過
捲起漫天風沙
(對面灰沉沉的山林
正瘋狂的演奏著
命運交響曲)

(一九六七)

附記

夜讀艾略特，偶瞥窗外，正是月遲星也稀，間有風雨挾落葉，吠聲竟成荒地唯一生命，因有所悟以成斯篇。

29 ◉走在荒原上

當黃昏緩緩落下

•

突然之間
山不是山　雲不是雲
此地下著異域的雨
碎了滿窪的妳。

•
•

戴歪紅帽的那人拖著獵槍

對準了鷹鉤鼻
轟出了莫魯梭的一響。
赫然，他告訴我：
　嗨，兄弟
　你可認識那位名叫卡繆的異鄉人。

‧
‧
‧

第五個黃昏了，
仍然研究不出一株蘭底微笑。
且也找不出天堂
從圓圓長長的鵝卵石裏
（教授笑著說，你的礦物學搞得很好）。
於是他捲起了包袱
下山去了。

（一直想喝瓶高粱酒

當黃昏灑來一陣雨）。

…………

（一九六七）

追古尋今煙雲中

呵，人在現代，雲在古代
情人在匙孔外，煙在人上天外
當星星猶燦爛，而雲仍悠澹
當大火仍熊熊，而煙猶雍容。
松風送他遠離，而他翩翩
乃有雲天之崇高，煙雾之浩渺
乃有煙之亭亭，雲之飄飄。
於是
貓豎溫柔的絨毛
轉綠綠的眼瞳。

（一九六七）

附註

這是一首可分行倒讀的迴文詩。

古中國詠嘆調

暮色呵，蒼冥得可上摩青天。
寒鴉點點，從雲端盡處
旋起幾聲呼嘯。

又是飄忽胡馬
捲起山海關外
千里雲月。
驃騎健馬竟有夸日之姿
追著落日逐著黃昏。
李白的那匹弱馬　向晚時分

竟軟軟的癱瘓在
芬洌的酒香中。

當胡人的笳聲由遠至近
仕人們仍擺著　小小的腰
舞著霓裳羽衣
舞出一片末日風沙。

末日風沙
咳，古中國
當一季風雪過後
你將飄泊何方？

（一九六八）

若有雨聲

若有雨聲
應有滿窪不碎的容顏。
妳猶是我懷中
青青澀澀的毛豆
催促著未剝的殼。

倚肩而來
是一頭輕軟的黑
陰暗中飛舞著
洪荒異域的香。

（天色緩緩淡去
　鷺鷥呱叫滿天……）

但需共飲
飲那清冽的泉
但需共攜
越那溪石
擁滾於接天蔓草。
大氣中細微的聲響
越過陽光　浸過月光
聲聲入耳。
（偌大天地祇見黑髮
　纏著草絲
　飄蕩天涯……）

（一九七一）

時間

柔柔的小紅帽
小小的灰風衣
在這條沒有風沙
但有微雨的林蔭道
沒有微笑
祇有風姿
走在這條枯了幾枝楓葉的
有點微風的路上
不必揮手

只須輕輕一點頭。
此刻已是黃昏　夾著
蔚藍如洗的落寞。

（一九七二）

風中三思

1. 為何說起自然
總是有人不解

跳躍前來，而且墊著腳步的
是一灘輕淺的足印，
踏著沾露的樹葉而上的
是一派優雅的林間空地。

鳥兒啄著清涼的水滴
彼此嘀咕著昨夜聽來的消息
林家的餐會　還有馬家
那小頑皮惹的禍。

2. 為何若是狂歡 總伴隨煩倦

一踏上奇幻的街道，祇見一群群款擺的印地安女人以及披戴齊全的阿帕契族戰士。哥兒們，既然古典情調已經沒落，也不必再做貴族裝扮了，就到近水樓看女人扭腰肢去。

3. 為何若是追索
必不得閒情

著！妳眞的沒看見注射器旁斜躺著的，正是一本翻開的
精神病學？我說別跑，別跑，別　　跑

狂奔，然後便是飛揚
祇見閃光的路面濺起
餘漬　負載著光的急馳與
扭曲的容顏，
在四度空間恰有一幅立體圖形
無盡延伸，偶然寫下
　當我攀登高山之巔。

（一九七二）

風雅小頌

走入風暴

迎面的風砂一粒一粒嵌入瘦削的雙頰
竟把你裝扮成古代的流浪漢了。
古典的情調飄搖於慘厲的風雨中
驀然發現白鷺鷥的呱叫
竟不可入詩，
傲岸的歌聲竟也不知
如何敲打喧囂的風聲。

銅鈸的響聲在何方
那浪蕩漢子居然忘了昔日的輝煌
無恥的以低俯的姿態
悽悽然的緊拉著
無所謂至親的臍帶。
（若有安寧
應是高山滾石
捲起漫天黃土，
無聲的批判著
奧秘的神學　以及
原罪）
走入風暴。
狂歌之後，

激揚之後。
除了一片死透的寧靜
便是所謂
深沉。

（一九七二）

四首搖滾樂戰爭詩篇翻譯

1. 戰爭的瘋狂

（Graham Nash: Military Madness）

在北海岸
黑水塘地方的
一間樓上小屋裏
軍隊徵走了我的父親
祇剩媽和我。

戰爭的瘋狂正殺戮著我的鄉土
孤寂的悲傷籠罩向我。

放學後我便走向
另一國度
發現了不同的天地，但絕不
失去我的傲氣。

戰爭的瘋狂正殺戮著我的鄉土
孤寂的悲傷匍匐向我。

當戰爭宣告停演
當屍體列冊歸檔
人啊，我希望你能發現
何者驅人墮入瘋狂。

戰爭的瘋狂正殺戮著我的鄉土
在你我之中存在如此濃郁的悲苦
戰爭，戰爭，戰爭，戰爭，戰爭，戰爭。

INK PUBLISHING

讀者服務卡

您買的書是：______________________________

生日：________年________月________日

學歷：□國中　□高中　□大專　□研究所（含以上）

職業：□軍　□公　□教育　□商　□農

□服務業　□自由業　□學生　□家管

□製造業　□銷售員　□資訊業　□大眾傳播

□醫藥業　□交通業　□貿易業　□其他________

購買的日期：________年________月________日

購書地點：□書店　□書展　□書報攤　□郵購　□直銷　□贈閱　□其他

您從那裡得知本書：□書店　□報紙　□雜誌　□網路　□親友介紹

□DM傳單　□廣播　□電視　□其他

您對本書的評價：(請填代號 1.非常滿意 2.滿意 3.普通 4.不滿意 5.非常不滿意)

内容______　封面設計______　版面設計______

讀完本書後您覺得：

1.□非常喜歡　2.□喜歡　3.□普通　4.□不喜歡　5.□非常不喜歡

您對於本書建議：

感謝您的惠顧，為了提供更好的服務，請填妥各欄資料，將讀者服務卡直接寄回或傳真本社，我們將隨時提供最新的出版、活動等相關訊息。

讀者服務專線：（02）2228-1626　讀者傳真專線：（02）2228-1598

廣　告　回　信
台灣北區郵政 管理局登記證
北台字第15949號

235-62
台北縣中和市中正路800號13樓之3

印刻出版有限公司　收

讀者服務部

姓名：________________ 性別：□男　□女

郵遞區號：__________

地址：______________________________

電話：（日）______________ （夜）______________

傳真：______________

e-mail：______________________________

INK

2. 墳墓
（Don McLean: The Grave）

爲伊掘的墳旁
堆著從明亮耀目底夏天
採來的山谷花朵。
碑石一旁的黃土
已然轉白，伊死了。

當吾國的戰爭召喚吾民
年未及冠的青年奔向它底呼喚
以生爲吾國的人民而驕傲，伊死了。
永恒知伊，也瞭然吾人於世上的所爲
雨點如珍珠般滴落在花葉上
將曾是乾淨的大地洗成濘濕的黃土。

伊在戰壕深處靜待時間流逝
伊舉起來福槍
伊祈禱死亡不要來臨
但黑夜的靜寂被硝火逐得滿天紅亮。
當槍彈在空中嘶嘯而過
伊底夥伴相繼慘遭屠殺
伊底守護神孤零而黯淡的站立在旁。
伊匍匐於壕中，
他們不能殺死我，他們不能在這裏殺死我
我要親自用泥土掩埋自己。
我要親自掩埋自己，我知道自己恐懼不安
大地，大地，大地即是我的墳。

3. 找尋自由的代價

（Stephen Stills: Find the Cost of Freedom）

找尋自由的代價，埋葬在墳地裏，
慈祥的大地張開吞噬的口
躺下吧，你的軀體。

4. 想像

（John Lennon: Imagine）

想想假若沒有天堂
那並不太難假若你去嘗試
底下看不到地獄
祇有頭上的青天。

想想活在今日的
所有人民

想想假若沒有家國
這不是一件難以著手的事務
不用爲一件事去殺戮去死亡，

而且也沒有宗教。
想想假若所有的人民
生活在安祥和平之境。
你可能說我是一個夢想者
但這並非祗是我的夢想
希望有一天你會加入我們
使你我生存的世界渾然一體洋溢著溫暖。

想想假若人們都無私慾
我懷疑你是否能夠做到
不需憂傷更無飢饉
四海之內無非兄弟，想想假若所有的人民
共同分享這世界。

（一九七三）

夏日之塵

——追憶去夏往事

當塵土泛起金黃
當憂鬱不再流行：
秋日的高雅　冬日的凝重
只喊出一聲淒厲的音符
便也在夏日之塵中
散開了森森的白骨。

向晚時分，街道上
除了霓虹七彩

便是塵埃伴著白骨
走著小黑貓的步伐。

（一九七四）

遠行

一個午后，從昏睡中醒來。走上河堤，風從四周空曠的源頭吹過來，圍著我親切的談些孩提的往事。

童年啊我的故鄉

時間永遠向前
邁開的腳步
是一種往前的探索
邁開的腳步

向著倒退的地平線
漸行漸遠

探索是一種意志
霍霍向太陽行去。
而苦難的童年　親切地
在耳後招手。

敞開塵封的記憶
與童年的往事
一一把手言歡
敘說遠行的壯志

然後霍霍地邁開腳步
愈行愈遠

（一九七四）

送行

一

迷人的夜晚
稀疏的竹林
仍然是那異樣的月光
遍佈在一片甯靜的荷塘上
再往前行是一叢黝黑的樹林
在風的吹拂下弄出輕微的響聲

傳遞著自然宗教的信息
午夜的約會雖然神祕
卻缺少眞理
若要見神
請不要大聲祈禱
越過這片樹林
情人們，在神祇的祝福下
去攫捕一顆星
愛撫一朵花

二

一個翻身
已在人間
抬頭望向遠方
嚴肅的使命鐫刻在天
從此就抗著一條河一座山
行行走走磨破了多少苦命的鞋。
既然蒼鷹引你向西，就向西行
一路上多少淒楚與風寒
爲的祇是那一頁頁的經書。
請越過滾滾的黃沙

洶湧的江河
對面是一株迎風飄搖的小草。

三

落日下，孤獨的身影
不快樂的走在高速公路上
半夜了，還在若有所思的
點根菸、捧杯酒
往事就如雲煙　默默潛行過來。

這條長而多曲的小路上
原當結伴同行
爲的是一路爭吵
一路品味人生。
當皺紋爬滿身軀
容顏仍然不老

往事依舊年輕。

若這世界是走不盡的荒原
請越過這片無情的荒地
回到淌著溪水充滿回憶的草原
迎接你的是一顆簡單的心。

（一九七四）

走過醒之邊緣

一

雲開處：
呼喊和煙火奪天而上
搶路的人頭蟻入荒蕪

藍：

對你這麼樣一個思考如此敏銳的朋友，我發覺寫信對我們來說，竟是一種文字障了，但是久不寫又似得了痲痺症的患者，一心耽於靈魂的內省，竟至外面現實世界的風風雨雨都從自己認知的領域逐一撤出。我一定要把這些感覺告訴你，在擾攘人群的孤寂裏，寫一封滿紙莫名情緒的信，也算是一種自欺欺人的安慰了。

鬧市中該可買到披頭四拆夥後的唱片吧，藍儂那首〈想像〉就像一支溫暖而且浸著麻藥的箭，射得我全身動彈不得，那種一齊來創造和平的境界多令人想努力攀援。但是你且看向越南的雲，苦難的越南——雲開處，呼喊和煙火奪天而上，搶路的人頭蟻入荒蕪。一顆顆尖銳刺耳的子彈呼嘯而過，夾著龐大炸藥的彈頭從頭頂上空疾降而下，以一種窒人的姿態把人類炸向空中，讓一些活著的人去爭辯那塊燒焦的骨頭是否阮家的老么！

是否我該學一些人寫首詩祭祭他們的幽魂，販賣一些超越國界的關懷？或是我更應靜坐沉思，想及人類普遍且命定的苦難，悼念他們同時也爲苦難的世界嚎泣？

高貴的朋友，我確實不知該做何抉擇，尤其是看到呼喊和煙火奪天而上時，我就像那思索命運不得其解的石人，僵化在那邊了。我一直是有著很深的英雄崇拜的人，一直在找尋那末世英雄龐然的形象，一直希望能和一些形象的追求者聚合在一起，跟隨著祂而且也希望能指導祂，給祂以我們悽愴而不知所之的感受，給祂以我們這些小人物淌著血換來的經驗。

唉，現在我卻發覺在寫這封信時，手中竟還握著一杯餘溫猶存的咖啡，這算什麼呢？報告另一國度慘痛的往事時，自己竟扮演著布爾喬亞的角色，對於我，還有什麼資格再作這種血淚全無的感嘆？你就劃根火柴燒掉這些陌生的文字吧，在火光中看一個焦灼的靈魂如何在怨悔中萎縮下去。

二

我愛酒，但胸中沒有隋唐，且
妻不要看惶惶的車輛，惶惶
的人群……

紅：

從S口中傳來大雨的古鐘下，有人爲了一項原則，爲了生命的嚴肅，在雨聲中獨自扮演世紀悲劇英雄的角色，你想一想，那麼大的雨滴那麼單薄的衣服，周圍那麼冷冷漠漠的眼光，而且還有那麼多世俗的價值判斷，竟使得這幕悲劇無從飛揚它底偉大的本質。我竟有一種窒塞的感覺，突然發覺自己啞口無言，不僅是慚愧於自己對行動的無能，而且在理念上也無法與之作全然的交融，作爲一個知識分子，我竟是完全的潰敗了。

我愛悲劇的形式，但胸中對神話沒有深一層與之契合的體驗，我祇膜拜它們古意斑爛的裝飾，觸摸不到它們堅實憤怒的胸膛。而且我家族不敢看紅紅的熱血，妻不要惶惶的人群。我愛酒，但胸中沒有隋唐……

三

唉，靜寂原是一個無邊無際的銅鑼
待天體星物去撞成各自的音色

白：

潮水狂亂地沖上沖下，海鳥盤旋滿天，一臉于思的你是否又走在那堅硬的沙上，思索著花崗岩的命運。你永遠是一株常青樹，雖然世俗世界的事物不斷穿進你的身內，卻還是能與大神祕共享醉人的經驗，在這種溝通的過程中，你以微笑的風姿走過長長的沙岸，那邊有一大堆的人群，嘈雜的聲音宛如初夏森林中的鳥鳴。

許是前年夏天吧，與一位異樣的傢伙泳於碧潭，雖然在審愼的搜察下潭水並不怎麼雅觀，但潭水沁人肌膚，令人有與之合爲一體的慾望。上空的烏雲愈聚愈多，嘩的一聲竟四周流竄，之後風雨閃電揮灑而來，織成一片異樣的靜寂。我不知如何向你說明，那時的我宛如陷在颱風眼裏，諸種感覺一片茫然，靜寂在時間序列上被外界撞成各種音色，呈現出來，隨著濺得滿潭浮動的雨水載浮載沉，居然也是一種享受，而這種享受卻是根本無法定義的。等到上岸以後，猛一回首竟發覺自己的形體在那水中載浮載沉，正像一粒不安定的麥子。我何能述說，這些也祗不過是神話罷了，難道清醒如你，也會聽我講這些神話嗎？我渴望著異地的你，能找找你那塵封的唱片架，找出史梅他納的〈我的生涯〉吧，聽那哀哀的曲調也是一種莫名的不可定義的享受，那時我可愛的朋友，你說不定也會上高山頂峰去找找神祕的經驗，與神祇溝通一些亙古無從解決的問題，希望你下山後能扮演起先知的角色，讓人們感覺，在你緩緩的語言中攫住閃閃的靈光。你一定能夠做到的，因爲高峯的靜寂原是一個無邊無際的銅鑼，天體星物在你冥觀時，會把這面銅鑼撞成各自的音色。你就敞開所有的感官吧！

（一九七四）

附記

文中詩句引自葉維廉《醒之邊緣》一書，謹此致謝。

老古的黃昏

一個世紀接著一個世紀，淹忽人間千萬年，啓示性的大人物一個接一個死亡，烽火扶搖上九天，祇見那紅塵硝煙從東滾到西，從西轉到東，就是那聖殿上的求神問卜，也無非是幹些殺人越貨的毀滅勾當。就在這時，感謝主，你看，老古冉冉昇起，昇起於衆山之巔。

頭上頂著一輪光圈，背著手
緩緩散步下來
兩旁遮掩的蔓草，低聲的招呼著
嗨，好久不見了。

自從昨夜受到啓示
喉，一翻身已是兩千年
整整一個大年的沉思
眾山之巔的稜線漫步
天上的父啊，祢何忍看我
兩千年的孤寂

就像蘇魯支從昏黑的群山中走出，老古下山了，且看他：

風雷乍響，帝王之尊凜然
掃視四方，上下六合，
狂浪般的聲音
耶穌基督，萬世救星
祂的傷痕便是我們的救贖。

但是，天上的父啊，我卻找不到
耶路撒冷，找不到希臘羅馬，
那邊的子民迎接我，就像迎接
一位遠古部落的酋長。

他的來訪祇是一則花邊新聞，阿拉伯酋長們與他把臂言歡，競談石油美元與鷹式飛彈。老古從宴會中倦極歸來，替自己沖了一杯清茶，兩耳仍充塞著噪音。兩千年後，老古哀哀的想著，他們祇有能源問題，而無宗教問題，他們本身就是超人，更何需超人哲學，縱使目下荊棘滿地，這個世界卻再也找不到十字架與棘冠，老古無限的懷念起兩千年前廢墟中的漫步，正所謂行走在外而慕鄉關，有詩爲證：

日暮鄉關無限遠。旅人黯黯調管弦。
笑問何處向歸程。迴首閒雲在人間。

有一天，老古與索忍尼辛相遇於多風的山崗上，踱著
沉重的腳步，展開了極富思辯性的對話。
天上的父啊，這一世代的先知，憂鬱何其深啊！
俗世沒有了信仰，竟祇因爲我們聽不懂電算機的語言與
軌道運行的方程式，
主啊，
請赦免他們的無知，因爲他們正浮沉在無聲的浩劫上。

陽光在額際逐漸隱退
虛浮的腳步揚起漫天
不規則的風沙，
主啊，兩千年後的煉獄旅程

令人不愉快。
我該如何向祢敘說
祢才能瞭然他們已有了
另一部全能的奧義書。

老古零亂的腳步，踢起大沙漠的漫天黃沙，遠遠望去，正是一幅末日形象，巨大的身影傾頹向西。

當我行經幽谷北。鷹梟狂叫風雲危。
願主榮光長相隨。嘯傲江湖解重圍。

霍然長身，前面是一條長路，再向前便是一片風沙的草原，戰馬的嘶聲透過薄暮，陣陣傳來。老古喃喃自語，我總該去抓過一匹，馳出黑暗製造生機。於是傾身向前，步入蒼茫，從此不知所終。

（一九七六）

一張張遙望的臉

天空疏淡著幾條雲
枯枝仍舊堅挺在空中
只那麼一瞬，綠葉便
一連二　二連三的茂盛起來了。

犬聲吠過
青翠的草原上翻滾著
初生的嬰孩，
馬車聲伴著風聲
親切的傳來

一張張歡樂的臉啊
嘿，嗬，
高歌過草原。
鈴噹，鈴噹
一路上盡是
趕集的風光。

（風暴慢慢在成形，
蘆葦瘋狂的搖擺在河堤
戰馬昂揚的急奔越丘陵）

風聲就如雲湧，山崗上
一張張偉人的臉　英雄的臉
急切的宣敘著大風的飛揚
漢唐的光采。

踐踏而過的是
馳騁的鐵蹄
（一張張仰望的臉
一隻隻求援的手）
呼嘯而過的是
一片滴血的草原
（蘆葦仍舊瘋狂的搖擺在河堤）
不見偉人，不見英雄
仍舊是一張張仰起的臉
遙遙望天邊。

遙遙望向遠天
海浪輕柔的拍打著天空
海鳥盤旋著
今夜棲息的陸地在何方？
藍色底下，該是
一大片清淨的草原
等待著裊裊的炊煙。

（一九七七）

假如清唱可以走完一生

——爲懷念母親而作

假如清唱可以走完一生
那山間的小路一定綿綿長長。
飛鷹在前引路，
群山的落石伴著月光
尋找流向大海的溪流。

路旁野薑捕捉曠野的歌聲
上山的意志在暗夜中隱藏。
當風切順勢而下，

目光迎風望向遠方
那裏應有生命的源頭。
假如清唱可以走完一生
歌聲與月光在飛鷹的穿梭中，
一定唱得綿綿長長。

（二〇〇二）

假如清唱可以走完一生

詞：黃榮村
曲：謝朝鐘

22
Voice
Pno.
mp
路旁野薑，捕捉曠野的歌聲，上山的意志在
27
暗夜中隱藏. 當風切順勢
mf
31
而下，目光迎風望—向遠
p
cresc.
Ped.
35
方，那裡應—有生命的源

38
Voice
頭.
Pno.
mp
42
mf
假如 清唱可以走完一生, 歌聲與
47
月光 在飛鷹的穿 梭 中 一定唱得綿 綿
52
長 長.
rit.
rit.

附記

作曲者謝朝鐘博士，現任淡江大學通識與核心課程中心主任。幼習小提琴、大提琴，並曾擔任台北市立交響樂團中提琴手。謝赴美國紐約大學與英國愛丁堡大學主修作曲，獲博士學位。謝朝鐘博士分別創作民族、古典與現代曲目，包括有〈撈月〉交響詩、歌劇〈荔鏡記〉與〈陳三五娘〉、〈台灣組曲〉、英語科技音樂劇〈機械人〉、青少年英語歌劇〈熱蘭地〉等，樂評認為其音樂有穩固的和聲，充滿美麗的旋律與對位，富有文學性與想像力，配器豐滿壯闊。

日與夜的對話

半夜的荷園，在兩株楊柳之間仰望
三顆星連成一線呢。
幾聲蛙鳴　掃起一片落葉
擋不住漢唐的星辰。
關外戈壁的銀河
怎麼壓低到快要可以觸摸？
天色涼如水，進出蒙古拱屋尚有餘溫
銀河已經轉了一個大角度。
當間諜衛星仍在游走，天體的運動
難道還是當下地球的轉動

撥弄漢唐的星臂嗎？

白晝的殘酷更甚四月
月光隱晦，遑論千年的星光
葉片飛舞，終無藏身之處
祇能荒憒流竄。

當濃煙四起
祇見行人匆匆，交換著符號
歷史啊歷史，它不是被覆述
它正在被一點一滴的創造。

千年後，昔日王謝堂前燕
飛入尋常百姓家
燕子飛呀飛　飛不出大氣層
但丁宇宙九重天
現代軌道在太空畫虛線

星雲在人類想像不到的地方
潮起又潮落
我們的燕子在那裏與它們會合？
李白舉杯邀明月
他心中的燕子要飛多久
才能與一直扭動的銀河臂對影成三人？
白天與黑夜，當下與漢唐
就這麼幾聲蛙鳴，幾片落葉
竟能在星空中吱吱喳喳講個不停？

哇，好一片流星雨
眞是天涼好個秋。

（二〇〇三）

附記

1.去年春節返鄉，借宿中興新村荷園，乃因過去在該地負責中部地區的九二一重建工作，轉任教育部後仍常往還，以慰思念之情。詩中楊柳、落葉、蛙鳴等項，皆係荷園平常風光，初無日夜之別也。

2.大約八年前曾造訪蒙古國戈壁地區，該地偏北緯度高，且無光害，因此低軌道衛星之滑動，歷歷可見。銀河則清晰可見，且因星群明亮之故，覺其距離甚近。半夜銀河低低掛，在三個小時之後，無意中發現銀河臂竟作大迴轉，對久居低緯度地區的旅者而言，實有驚豔之感。小時候曾看過銀河，但從沒看過銀河的大轉彎，戈壁之旅，讓我的銀河經驗開始發展出歷史的連結，銀河意象也成為記憶中可以拿出來實際操作的對象。

遠離非洲

所謂黑色大陸
原來祇是孩童的想像
當白色都市連天而起
蒼鷹不捨晝夜
追尋塔尖的黑色天使
傍晚時分，黑白
找不到光譜的位置

走入蠻荒
是一種躍動的心情

越過都市　走出文明
祇有人性　引導你去發現
白色最雜，而黑色最純
正如當年歌德的夢魘
牛頓從不說服
因爲自然永遠
保有簡單的尊嚴。

（二〇〇四）

附記

1. 十五年前初訪非洲，發現南非首都Pretoria高樓遍布，就像白人的都市，惟處處可見黑臉孔上面亮晶晶的黑眼珠。傍晚時分，恍惚之間，調不出黑白的光譜位置。

2. 在科學史上，素樸的宗教觀一向認為天體運行的軌道是圓形，而白色最純淨。牛頓用三稜鏡拆解白光，發現白光可以分解出各種顏色，反之，各種顏色光也可以混合出白光。歌德深為此想法所苦，找到年輕的叔本華想一起否證牛頓的發現，以證實白光仍為最純淨不可分解亦非混合物。但是自然永遠不必爭辯，它簡簡單單的坐在那裏，看著春去秋來。

聞雙颱盤踞台灣上空

大海追撲著陰暗的天空
竟然也可一路反旋到台灣的上空
就像獨目巨人翻白的大眼
凝視著群山
鼓動著驚濤拍打海岸。

搖幌的群樹
找不到驚起的昏鴉
倚檻的遙望
看不到遠方的狼煙

祇見尖聳的高樓
攪亂壓境的氣流
昏黃的室內
仍然齊唱平安的夜曲。

風雲變幻　總是越過教堂的高度
俗世的呼喚　它桀驁的棄之不顧。
我們的詩人還在夢中祈求諸神的眷顧
恍惚中，看到老媽媽在窗旁默默無言
在堆滿風雪的小院中　期待
馬車的鈴聲；
暴風雪中詩人想起了拜倫
左手托著明月　右手挽著巨浪
急切的踢著漫天風雪
一路追逐自由，高歌曠野。

杜甫的茅屋竟入我夢中
在那風狂雨驟過後
亡魂順著黑水流向西方
在海浪中起伏　調不出老家的方向
我的妻兒今夜不知暫住何方。

已不見驚濤裂岸
但見巨石嶙峋碎木片片
霸占了曾經歡樂的家園
專家淡淡的手指山頭
那是九二一搖鬆的山石
和著雨水　順著山溝
總是會出來的啦；
山上張力裂縫在黑暗中張著長長的口

等待下一次大水補注後的崩毀
那河岸邊半懸的房屋
仍在試探自己生命的迂迴
專家笑著說
星體運行服從天上的自然律
水石沖刷也有地面的規律呢。

小孩牽著祖母的手
瞪大黑眼珠　心中想著
什麼時候可以把玩具找出來
什麼時候搬進爸爸的新家？

不知何處吹蘆管，一夜征人盡望鄉
山中隆隆的滾石聲，聲聲滾入
左岸所有小孩的夢中

夢中的小孩臉都朝向右岸
那裏應該是我明天睡覺的地方。

（二〇〇四）

附記

1.艾利颱風在北台灣上空盤旋不去，千里外的佳葩逐步逼近，可能互相牽引而形成雙颱連動的「藤原效應」。敏督利颱風才帶來七二水災，台灣上下無不餘悸猶存，天佑台灣！

2.八月二十四日晨見烏雲南飛，隨手拿出普希金詩選，俄羅斯的暴風雪一直是他詩中鮮明的意象，是一種自由的象徵，用來掃除被壓抑的一潭死水。在其一八二四年著名的〈致大海〉詩中，以「像暴風雨的呼嘯離開我們」來懷念一生追求自由，憧憬大海的詩人拜倫。在風暴之中，普希金希望的是「喝一杯，度過這貧困的青春歲月」，心中看到的是「那峭壁上的少女，卻比波濤、天空和風暴更動人」，想像的是在暴風雪之後，一齊「去看看空曠的原野，還有那河岸，它是那麼親切」。

3. 古中國詩人對風風雨雨則常不忘感時憂國之思。如杜甫〈茅屋為秋風所破歌〉有云：八月秋高風怒號，卷我屋上三重茅。……床頭屋漏無乾處，雨腳如麻未斷絕。自經喪亂少睡眠，長夜沾濕何由徹。安得廣廈千萬間，大庇天下寒士俱歡顏，風雨不動安如山。嗚呼何時眼前突兀見此屋，吾廬獨破受凍死亦足。

杜甫情感豐富，一般詩人想必不會以最後兩句收尾的，可見乃係其一生遭挫下的情摯之語。我曾在九二一中部重建區待過整整六百一十天，當地歷經民國八十六年的賀伯颱風、民國九十年的桃芝與納莉、民國九十三年七月的敏督利與八月的艾利，無不帶來土石流浩劫，其家園崩毀的遭遇有甚於杜甫者。假如杜甫知道九二一震災更有近十萬間的全倒半倒户，相信他心中哀痛的還不衹天下寒士，更有那夜夜輾轉反側時時驚醒的夢中小孩。

冬天的故事

每到冬天，總會使人比較專注。空氣中的粒子變得比較潮濕，連講話的聲音都變得低沉，場景的移換速度也變慢，細節因此浮現。假設沒有冬天，人類的故事就欠缺了深度，人如何從一粒沙去構建一個心靈上的世界？冬天缺乏行動，它是懷念的季節，而懷念總有點誇張，所以冬天的故事特別離奇，離奇到像是開玩笑一般。

1. K-T界線夾著恐龍的化石

六千五百萬年前，地質史上的K-T界線（Cretaceous-Tertiary Boundary）正在搜尋它正確的位置。白堊紀不想交接，第三紀搶著要接棒，拉扯之下，天體騷動不安，終於降下一陣流星雨，有一大半焚毀在大氣層上方，但剩下闖進來的已足夠在天空亮起滿天星火。一顆大行星隕石受不了嚴重的拉扯，以每秒約五十公里的極速衝過大氣層下方，夾著一條燦爛無比又帶著濃厚死亡氣息的魔鬼尾巴（chicxulub），撞擊到墨西哥海陸交界處的Yucatan，十公里直徑的大球體在這裏轟出一百八十公里直徑的凹洞，引發了漫天襲來的大海嘯，據說也造成了地球另一端嚴重的振盪，四處有海底與陸上的火山爆發，各種次微米灰塵衝上平流層，遮住了大量的陽光，地球經歷了好一陣的寒冬。

一隻無辜的恐龍正在蒙古戈壁沙漠孵蛋，猛一抬頭就看到漫天風沙夾著熱氣，迎面而來，她祇來得及再調整一次坐姿，把溜出去的一顆蛋抓回來，等到重見天日，已經是一九九五年。

科學家說這種大滅絕要很久很久才來一次，地球人安啦。過了很久，哺乳綱與人類才發展出來。拜強者都被殲滅之賜，我們的遠祖是從比較差的品種再度演化出來的。我們的帝國經不起恐龍一踏，但他們都已在睡夢中遠去。

2. 原來恐龍是虛，夢才是真

人類一直沒學會睡長覺，懷著永生的恐懼，我們的睡眠淺且短，每隔一陣子又會作些雜七雜八的夢。雖然最有可能是因爲演化上，我們的大腦已經鋪設好神經線路，時間到了就自動開始作夢，但有人說作夢是爲了完成白天達不到的願望，也有人說是趁作夢把不必要的雜訊釋放出去。好像人生苦短，睡覺也應該賦予功能，要不然把白天失去的自尊在夢中恢復過來，要不然把白天惱人的雜事排出腦外。歷史也會跑進睡夢中！夜夜入夢的我們，有時會看到一隻哀號的恐龍衝過來，嚇得半夜驚醒，彷彿又看到牠愈走愈遠，在行星碎石滿天風暴的撞擊中，蹣跚倒下。我們再度作夢，夢到與恐龍同葬在異鄉，一縷陰魂幽幽地想著，大災難何時會再度降臨，連我們最後一絲魂魄也被打得支離破碎！葉慈所見者短，我們夢中所見既長又遠，K－

T界線的騷動難道又要再度降臨？一嚇之下，再度醒來，卻發現模模糊糊中，有一張婉約的舊人側影，在燈火闌珊處，緩緩轉過身來微笑著招手。

3. 金瓜石的黃昏

牧神的午后，德布西的歌聲慵懶，海邊岩礁浪來風去，適合打個盹呢。從金瓜石山上看下去，浪拍著凹進來的半弧海岸，在兩座小山之中望出去，竟像一個峽灣，眞是虛幻之至，那海岸其實還在兩座小山之外。再換個角度，遠山層疊，一山疊在另一山的外沿，愈往遠去愈模糊，儼然一幅山水畫，3D實物竟然變成一幅2D的圖畫，眞是假作眞時眞亦假。

猛一回頭，兩張臉在峽灣的拍岸浪花中載沉載浮，微笑招手，逐漸沒入。一張臉可以弄沉千艘艦，兩張浮沉在浪花上的笑臉，又要弄沉多少船？身旁披著紅領巾的她笑著說：你瘋啦，走吧。台北應該還刮著微風，也許明天是個上教堂的好日子，祇有教堂的歌聲才是久遠的。

4. 教堂的歌聲

彎曲的樹枝自然垂拱
枝縫中射入的陽光就像彩色的分叢
遠方的教堂拱廊與彩繪格窗
召喚著俗世的恩寵。

走在這條微風碎光的彎道
臉上浮現聖潔的光輝
頌讚天主的歌聲一路祝禱。

我愛聽那長廊的回音
愛看那黑色的僧衣
但遊走四方仍難以皈依
總是塵緣未了難解宿因。

5. 湖邊的風景

尤加利樹的葉片反射著陽光
鳳凰細葉抖散了滿天太陽
蝴蝶翻飛在周圍
鳥聲縈繞飛去又傳來
夏季的天空好一片燦爛的藍。

校園小徑像棋盤　望出去
微風四處　不見裙角飛揚
伊人將從那條路
姍姍走來？

散步在湖畔
四周是多廣大的草坪樹叢

可供游目顧盼
這一片熟悉的風景
總會引起心靈的悸動
多少年前的往事
在湖邊的樹林互相追逐
一張臉若隱若現，
晚間寒冷的煙霧逐漸聚攏
那顆孤星總是不願準時升起。

6. 因果之網

祕密是張面具，撕開之後經常空無一物，要不然就是幾個平淡無奇的線索。人生充滿了驚訝，因爲我們已經學會看出平淡無奇背後，刻骨銘心的經驗。

一個人發現自己無端涉入一椿時空倒錯的事件，當然會大吃一驚，再是豁然開朗，所有的驚訝不再是祕密，原來所有紛亂的表象都連上一個簡單的事實。誰知道全球的騷動不安，原來祇是來自那麼簡單的天外冒犯！燈火闌珊下的舊人影子，竟是引發長期震盪的因。幌散的影子碎點帶來一點似曾相識的回憶片斷，兩三個碎點又激發更多的回憶，終至調整出所有碎點的幌動方向，愈幌愈大愈震愈高，長年累積的記憶全部一轟而出，充塞天地之間。這不就是：「南中國海一隻海鳥搧兩下翅膀，誘發了兩個月後大西洋上的大颱風」；「德國巴伐利亞一位仁兄打了一個噴嚏，引起半年後全球的大傷風」。
風雲變幻的背後，祇是一條細細的繩索，連向一個簡單但
卻刻骨銘心的過去。

7. 風中的燭火引我走入蒼茫

懷舊是飄泊旅人的鴉片
懷鄉是出外人的惡習
走啦
一腳踏出，市聲喧譁
一隻隻恐龍的後代，群鳥驚起。
拎起包裹
就去看看恐龍的故鄉吧
那是戈壁遙遠的呼喚，
風中的燭火在前
引我走入蒼茫。

又是細雪紛飛的季節
在雪片稍歇　初露陽光的風景中

龐貝古城的 Gradiva 輕提裙襬
赤足走在石板路面上
感覺冬日的沁涼；
當落日餘暉
猶在她的額際閃爍發亮
維蘇威火山的熔岩
已在後頭兼程趕路。

北方的海島也在上演現代的悲劇
Diana 是永不凋謝的容顏
星群在天空中拼寫她的名字
俯視她：
以火炬帶領著國家金色的小孩
遍訪國內綠色的山丘
對受苦的人輕聲細語的安慰。

再見，英格蘭的玫瑰
風中之燭在妳的優雅離去中
逐漸淡退
但妳的傳奇仍然乘著熱情的翅膀
飛揚在多雨的家園。

8. 追尋金色的心

登上高山　才知
踩的土地與深谷並無兩樣。

唯有死亡
才能君臨天下，
越過四月
唯有冬天覆蓋一切
才能看到發芽的青翠
在雪中暈染開來。

就讓我的思念
化入風中
在向晚時分的

林蔭道上
追尋妳的蹤跡，
就讓冬天的故事
在每個轉彎處
織出因因果果。
雖然冬天的殘酷甚於四月
而我們正行經死亡的幽谷
但就讓那風中之燭
變成一則則的傳奇
搖晃在乾枯的大地上。

我們一直追尋一顆金色的心
雖然行將老去，還是要去追尋
一顆金色的心
沿路的歌聲碎滿多風的彎路，

We are searching for a heart of gold.
But we are getting old.

（二〇〇四）

附記

「玫瑰三問」：

1.「若是故事，理當可以追索細節，何以竟讓晦澀成為風格？」

當每段故事都被要求交代人事與地景時，在難以求解之下，必然晦澀。就當成象徵吧，所有的故事都會在一時之間，明亮起來。一朵花豈有特定的來源與歸宿？拈花而微笑，則此花必不在岩壁上，而一步步走入心中諸絃寂靜之處。

2.「冬天的故事追逐古今，將安定於何處？」

很多人心中逐漸被煙塵覆蓋的角落，等待著風雲再起。當外界靜寂，正是心中諸絃尋找細細的繩索，連向湖邊、教堂與多風彎路的時候。面對冬夜的故事，生命也有無言以對的時刻，但是且看那根擺盪的繩索，愈振愈高，已難以找到地方安頓下來。

3.「既有因果之網交叉纏繞，風中燭火又如何照出追尋之路？」因果之網雖然走著一條命定的道路，但當風中燭火照亮每個轉彎處，沿途可見金色的小孩正在紛紛攀爬綠色的山丘，那是一顆顆初生的金色之心，在交叉的舊網中編織出新生的故事。

春季小品

1. 當太陽下山

潑出一大杯咖啡
撒滿一地詩句
歪歪扭扭接成長篇詩行
再用湯匙一一盛起
竟測不出生命的重量。

難道存在祇為印證無聊
祇好一直靜待天明。
清晨的校園
理想與孤獨一一浮現
親切的沿路招呼
原來生命還有季節風
總是呼嘯在轉彎處。

2. 屋角閒話

當太陽下山
循著這條路
就可以走到那間紅樓。
火爐旁　冬夜在窺視
無常的火焰
切向四面八方
亮出一張耶穌的臉
湊在窗外　好奇的看著
屋角一堆人正在嘰嘰喳喳
辯論笛卡兒的上帝存在論。

3. 浪人

一方冷清的月
高懸在西方
棕櫚樹在旁揚起滿天亂髮。
珍重再見
就像一支飛在蘆葦上的箭
白色的羽毛深深戳入陰濕的泥土
沒有半點風聲。
擎著酒杯立於光滑的鏡前
梵谷的死面恰似你的容顏
涼風起天末

魂兮歸來
你凌亂的腳步
總是忘記
路邊小草的祝福。

4. 鴕鳥的黃昏

陽光瀉過大王椰
鋪滿了一地金黃
地球總有使太陽
掉下的時候
憑什麼要我頂
整條情人道的風寒？
落日的風景
沒有銳利的邊界
踢出一步　就像
揚起漫天金沙
一沙一世界

遍地都是開光的巨眼
怎容得下人世間
浮沉不定的暗臉？

黃昏的落照
襯出阿Q的身影
咳，黃昏下的一隻駝鳥
那一路的風寒
竟幻化成滿壺的沙中傳奇
伴著他屋漏更殘。

5. 童年

想及當時年紀小
狂嘯斜行過馬路
在小池塘與木棉樹下
彈掉幾多無聊。
或者跑到海邊
聽小白屋裏
那瘋女人的笑聲
與海浪聲遙相應和。
嘩的一聲沿著海灘奔跑
在落日下
我們的身影又瘦又小。

也許當年半是兒戲
半是心存上帝
海灘上在我們的追逐中
總會幻出一對
美麗而哀傷的大眼睛
這女人可憐的一生
終將伴我們
走完太陽下山後的童年。

（二〇〇五）

INK PUBLISHING 文學叢書 090

當黃昏緩緩落下

作　　者	黃榮村
總 編 輯	初安民
責任編輯	施淑清
美術編輯	許秋山
校　　對	施淑清　黃榮村
發 行 人	張書銘
出　　版	INK印刻出版有限公司 台北縣中和市中正路800號13樓之3 電話：02-22281626 傳真：02-22281598 e-mail:ink.book@msa.hinet.net
法律顧問	漢全國際法律事務所 林春金律師
總 經 銷	成陽出版股份有限公司 訂購電話：03-3589000 訂購傳真：03-3581688 http://www.sudu.cc
郵政劃撥	19000691 成陽出版股份有限公司
門市地址	106 台北市新生南路三段96-4號1樓
門市電話	02-23631407
印　　刷	海王印刷事業股份有限公司
出版日期	2005年 5 月 初版

ISBN 986-7420-64-0

定價　150元

國家圖書館出版品預行編目資料

當黃昏緩緩落下／黃榮村 著.
--初版，--臺北縣中和市：
INK印刻，2005〔民94〕
面；　公分（文學叢書；90）

ISBN 986-7420-64-0（平裝）

851.486　　　94006652

NK INK INK INK INK INK INK
K INK INK INK INK INK INK IN
NK INK INK INK INK INK INK
K INK INK INK INK INK INK IN
NK INK INK INK INK INK INK
K INK INK INK INK INK INK IN
NK INK INK INK INK INK INK
K INK INK INK INK INK INK IN
NK INK INK INK INK INK INK
K INK INK INK INK INK INK IN
NK INK INK INK INK INK INK
K INK INK INK INK INK INK IN
NK INK INK INK INK INK INK
K INK INK INK INK INK INK IN
NK INK INK INK INK INK INK
K INK INK INK INK INK INK IN
NK INK INK INK INK INK INK
K INK INK INK INK INK INK IN
NK INK INK INK INK INK INK
K INK INK INK INK INK INK IN
NK INK INK INK INK INK INK
K INK INK INK INK INK INK IN
NK INK INK INK INK INK INK
K INK INK INK INK INK INK IN
NK INK INK INK INK INK INK
K INK INK INK INK INK INK IN
NK INK INK INK INK INK INK

K INK INK INK INK INK INK IN
INK INK INK INK INK INK INK
K INK INK INK INK INK INK IN
INK INK INK INK INK INK INK
K INK INK INK INK INK INK IN
INK INK INK INK INK INK INK
K INK INK INK INK INK INK IN
INK INK INK INK INK INK INK
K INK INK INK INK INK INK IN
INK INK INK INK INK INK INK
K INK INK INK INK INK INK IN
INK INK INK INK INK INK INK
K INK INK INK INK INK INK IN
INK INK INK INK INK INK INK
K INK INK INK INK INK INK IN
INK INK INK INK INK INK INK
K INK INK INK INK INK INK IN
INK INK INK INK INK INK INK
K INK INK INK INK INK INK IN
INK INK INK INK INK INK INK
K INK INK INK INK INK INK IN
INK INK INK INK INK INK INK
K INK INK INK INK INK INK IN
INK INK INK INK INK INK INK
K INK INK INK INK INK INK IN
INK INK INK INK INK INK INK
K INK INK INK INK INK INK IN